BING ZI
XIAN YIN JI

Liang Jingqi

冰子闲吟集

梁景启一著

当代世界出版社
THE CONTEMPORARY WORLD PRESS

雲烟連碧海風自洗
藍天難白進体日海
棠花下眠

游石林峡其九

梁景啓先生正 刘建丰

梁景启 / 诗　刘建丰 / 书

路連子峰迷花看兩眸
酸梨樹溝邊坐櫻桃
秀可餐　遊梨樹溝其一
梁景陶先生吾兄正　劉建豐於衡園

梁景启／诗　刘建丰／书

小屋依青峰群峰没白烟
夕阳如宝玉点额晚晴天

梁景启先生晚眺诗一首

壬寅冬韦益木书

梁景启 / 诗　韦树定 / 书

雨晴松鼠出風定竹雞藏

石徑無人到山花兀自香

梁景啟先生遊石林峽其十二

壬寅冬月韋樹木書

梁景启 / 诗　韦树定 / 书

風吹碧水門前柳色搖金縷

梁景啟先生所撰此春聯

日照青松雪裏梅香漫玉階

丁亥冬月羅邊鄉韋樹定奉書

梁景启 / 联　韦树定 / 书

一窗睛色花木四時香不斷

梁景啟先生識此書齋聯

数卷史書英雄千古仰無窮

歲次壬寅冬月顒邊 韋樹太秦書

梁景启 / 联　韦树定 / 书

一年好景春色遍随芳树发

三五知音画楼常聚律诗裁

梁景启先生撰春日联

岁次壬寅十一月朔日　韦树本书

梁景启／联　韦树定／书

春色微闌一徑松陰連竹塢

梁景啟先生撰村居聯

暮雲漸合半塍花氣襲籬柵

壬寅仲冬時節章敬未壽書

梁景启／联　韦树定／书

梁景启

笔名饮冰子、秋风宝剑。北京市平谷区人。北京作家协会会员，中国自然资源作家协会会员，《中华辞赋》理事。北京市平谷区作家协会副主席兼秘书长，北京市平谷区新媒体联盟秘书长。《美丽平谷》总编辑。爱笔耕，爱摄影，喜书法。曾在《人民日报》《诗刊》《大地文学》《野草》等报刊发表多篇文章和摄影作品。

序

　　诗者，艺也。"诗，言其志也；歌，咏其声也；舞，动其容也。三者本于心，然后乐器从之。"（《礼记·乐记》）诗向为"六艺"之首，发乎道德，止乎礼仪，"在心为志，发言为诗"。（《诗大序》）故数千年来，诗能点化人心，启迪智慧，承载着教书育人、熔铸性灵之功能。自改革开放以来，中华诗词更如雨后春笋，生机蓬勃。神州大地新人辈出，佳作如林。幽燕雅士梁兄景启便为其中之一。读其诗便如香茗沾唇，清新淡雅；又似橄榄入口，沁人心脾。君若有疑，请读其五绝《晚眺》：

　　　　小屋依青嶂，群峰没白烟。
　　　　夕阳如宝玉，点额晚晴天。

　　小屋与青嶂相依，青峰共白烟飘渺，何其清幽又何其宁静，便不说山居如画，其诗中亦分明有丹青在。昔日王摩诘诗中有画，今读景启兄诗作亦有如是观感。然最妙者犹不在此，而在转合两句。夕阳已如宝玉一枚，点在高天之前额上，其构思不可谓不巧，其灵感不可谓不奇。许是受到今人"斜阳一点如红豆，已把相思写满天"一诗之启发，但其想象却有过之而无不及，尾句"点额"两字最是出彩，堪谓发前人之所未发，允为诗中之眼，一点也不为过。且读其另一首五绝《芦苇》：

芦苇，枝繁叶茂，隐鹭藏鸥，花开时如江飞白雪，滩铺碎玉，煞是迷人。此物不仅可观赏、可入画，而且可餐食、可入药，故千百年来，人皆爱之。吟咏之声更是不绝于耳，早在诗经里便有"蒹葭苍苍，白露为霜"之名句，故今日再写便很难出新。但景启兄自有妙法：风里花开，飘摇无定，以动态落笔就有与众不同之感，接之以轻盈体态，零落余心，就更是别有机杼、夺人眼目。此间诗人以我观物，以物喻人，复物人相融，物中见我，则奇思出也。再读其七绝《归田园》：

十亩桃园一草庐，眼前风物绮还舒。
山中自有无穷趣，不读人间万卷书。

此诗与《晚眺》有异曲同工之妙，皆写山里风光。十亩桃园，绿红成阵；数间草庐，梦里春秋也。如许景物，自然爽人耳目，怡人心神，更何况还有无限山景、无穷趣味未及言表。当此际，忽觉万卷诗书，百年事业皆作过眼烟云，而唯有此山不老，万古长青。世人皆以读书为上，"书中自有黄金屋"。而景启兄出人意料，反其意而用之，是其高明之处，亦是其匠心之所在。又赏其五律《杂感其一》：

天地无穷事，风云多变姿。

百年双鬓短，万古一衰时。

焦虑煎人寿，功名入梦疑。

不知今夜酒，能否尽千卮。

诗作曰"杂感"，可知其定是眼有所见，方心有所感，亦或许是日有所思，夜有所悟。正如清人厉志所言："必要胸中本有诗，偶然感触，逐一涌出，如此方有好诗。"天地苍茫，世事无穷；风云来去，变化难测。然人生匆促，千载一瞬，其自然律规，今古不磨。几多失意，几许功名，多只是红尘梦境，浊世幻影，又如何当得了真。唯有这今夜清酒，能解我浓愁，化我新忧。诗人写来感慨深沉，体会良多。复来解读其七律《西柏店常兴寺古松其一》，看看又是怎样一番光景：

常兴寺里倩谁栽，老树蟠云覆石苔。

万木已凋春半绿，一枝犹带雨余开。

清荫不动龙蛇舞，明月偏多翡翠来。

劝客路过西柏店，携琴携酒复登台。

常兴寺，位于平谷区大兴庄镇西柏店村。据考，该寺始建于宋仁宗至和二年（一〇五五年），至今近千载。后毁于兵火，民国初年重修，但见殿宇高耸，宝相庄严；香烟缭绕，禅音悠扬。诗人到此，已是万木凋零之际，唯有院内参天老树，枝横叶茂，浓荫不改。清风吹处，如龙蛇飞舞；明月来时，似翡翠满园。面对此景此情，诗人不禁想横琴携酒，登台高歌。此诗绘古松姿态形象生动，显得意境开阔，遐想无边。读罢景启兄律绝，再来欣赏其词作，自是别有兴味了。读其词《浣溪沙·思儿》：

独坐春寒夜煮茶，晓来庭院落梅花。东风吹雨打檐牙。

燕子不归人寂寞，海棠栽后日西斜。倚栏无语望天涯。

景启兄公子于德国汉堡求学，近年里，疫情忽起，祸及全球。诗人思念千万里外之骨肉至亲。顾内之忧令诗人辗转反侧，夜不成眠，于是披衣独坐，连夜煮茶……待到晨起，见满院落梅，雨打檐牙，怜子之心又油然而起。复又想到燕子未归，海棠初绿，那一份思念便如何也挥之不去，真个是望极天涯而思绪无涯。全词写景贴切，抒情细腻，景情交融，天衣无缝。"作诗本乎情景，孤不自成，两不相背……景乃诗之媒，情乃诗之胚，合而为诗。"（明·谢榛《四溟诗话》）信然！再来读其另一首词作《鹧鸪天·桂航同学会》：

三十年来一瞬间，高秋约聚桂航园。开窗曾对尧山月，卧铺同听石上泉。

人未见，梦常牵，漓江浪泛逆风船。今闻同学俱安好，酒醉诗成戊戌篇。

一日同窗，终身为友。同窗之谊，弥足珍贵。戊戌（二〇一八年）秋日，诗人与三十年同窗友好相聚于母校桂航园，忆及前尘往事，众人无不感慨万千，恍如昨日。当年负笈桂林，诗人尚未弱冠，转瞬里，春秋三十载，再相逢时均已岁过中年，两鬓星霜。词中"尧山月"与"石上泉"之意象选择，极具典型意味，应是诗人求学时习见之景，故能信手拈来，令人有身临其境之感。该词一腔至诚，情感炽热，读来感同身受，动人心扉。其他好句如：

"碧树凝寒重，苍山映雪微。"（《平谷深秋》）"残花没阶草，落叶打窗棂。"（《庚子初雪》）"何人吹玉笛，定格太平桥。"（《题友人画》）"驿路风停雪，山村柿点灯。"（《雪后》）"俗体居于此，我亦可成仙。"（《丫髻山行其二》）"老道东南指，云程十里遥。"（《游石林峡其七》）"欲问神仙事，空林噪暮鸦。"（《游石林峡其二十二》）"独有忘机者，深谙山水情。"（《访山僧其七》）"野草连天铺绿茵，梅开高树沁园春。"（《贺野草诗社成立四十周年庆典》）"何处飞来一片云，仙姑玉女白罗裙。"（《平谷奇峰之石》）"一曲清溪绕舍流，几株红杏绽山沟。"（《浣溪沙·春分》）等等，或空灵、或清雅；或洒脱、或高远，皆可读可诵，可圈可点。

观景启兄所作，五绝、七绝、五律、七律，以及词、联等诸体皆备，可见其所学甚丰。但诸体之中又以五绝为胜，殊不知绝句最是易写难工，尤其字句最少之五绝，更是难上加难。清人王世贞于《艺苑卮言》中有言："绝句固自难，五言尤甚，离首即尾，离尾即首，而腰腹亦自不可少。妙在愈小而大，愈促而缓。"古人对五绝尚且如此心存敬畏，而今人景启兄却迎难而上，莫非真有仙人秘诀，能把一首五绝写得如此得心应手，令人拍案。余细细思之，竟渐渐理出一些头绪来。观景启兄五绝，前两句惯以写景切入，言语稍平却也能赏心悦目，而在转合之际猛然发力，似奇峰突起，又如水银泻地，且句中辅以灵光一闪之妙想，故常常能出人意料，直令读者大呼过瘾也。平日里，其他诸体景启兄若能多管齐下，并驾驱驰，则诗学修为必将突飞猛进，再上高楼。集中好诗无数，限于篇幅自不能一一析解，唯待读者诸君日后自我赏读。

　　是为序。

林峰

癸卯（二○二三年）元宵于京东一三居

目录

五绝 ————————————

iii

五律

七绝 ————————————————————

七律 ─────────────────

词

联

ix

五
绝

p
/
001 ———— 106

晚眺

小屋依青嶂，群峰没白烟。

夕阳如宝玉，点额晚晴天。

平谷深秋

碧树凝寒重，苍山映雪微。

九天鸿雁过，一径老农回。

庚子初雪

日夕云归岭，风吹雪满亭。
残花没阶草，落叶打窗棂。

题友人画

水国银鳞动，潭心绿影摇。
何人吹玉笛，定格太平桥。

雪后

驿路风停雪，山村柿点灯。

悠悠人晃影，嘎嘎夜归僧。

山行其一

积素铺瑶草，遥岚隐碧烟。

柴门连石径，水调咽风蝉。

山行其二

山寒梅落子，冰冻地添衣。
裸露东篱菊，霜中坐忘机。

丫髻山行其一

花儿行处见，旗子不时飘。
丫髻山①近日，游踪破寂寥。

---

　　①丫髻山位于北京市平谷区刘家店镇北部，其山顶凸起两座峰岩，酷似女孩儿头上梳的两个发髻，故名丫髻山。该山为拥有规模庞大古建筑群的道教名山。

丫髻山行其二

千年金壁谷，一片玉蟾天。
俗体居于此，我亦可成仙。

丫髻山行其三

林幽初霁雨，池满晚来晴。

不是耽丘壑，何缘丫髻行。

丫髻山行其四

深壑云迷路，疏林日透光。
苔衣承雨露，菌耳避风霜。

丫髻山行其五

石濑鸣琴响，风篁倚树眠。
幽居无俗事，高枕听管弦。

摄鸟其一

春云迷绿径，幽境远红尘。

日暮莺踪疾，还巢不避人。

摄鸟其二

寒风生暮日，孤雁落平沙。

倦也枯枝拣，不然何处家。

摄鸟其三

断崖斜影外，孤树夕阳中。
看鸟穿幽谷，闲猜雌逐雄。

储钱罐

玉面双眸扑，金身一指嘘。

招财人尽爱，肚腹却无储。

芦苇

一片随风絮，飘摇不可寻。

轻盈无限态，零落有余心。

公园偶遇

绿树围溪岸，芳丛凝画图。

儿童学步过，遇蝶打招呼。

野钓

岸草萦青带，波光映绿滩。
归舟摇一叶，落日剩三竿。

游石林峡①其一

山倚风云立，人从索道游。

石林形态异，题壁各千秋。

①石林峡位于北京市平谷区，因其峡谷内四座峭拔挺
秀的石林峰群而得名，是黄松峪地质公园的核心景区，为
国家 4A 级旅游景区。

游石林峡其二

雨霁晴空阔，烟迷古树低。
霞姑石上坐，诗句辨谁题。

游石林峡其三

山荆晴翠贡，梅子暗香捐。

一棵倒松挂，九天飞瀑悬。

游石林峡其四

冻树浮初雪，长廊隐密林。

云闲夕阳度，草乱玉阶侵。

游石林峡其五

白草秋风细，苍岩落日微。

立崖悬柏外，人字塞鸿飞。

游石林峡其六

石壁开天缝，林梢挂夕霞。
潭灵波有异，如唱浣溪沙。

游石林峡其七

石林寻路径，雪地问廊桥。

老道东南指，云程十里遥。

游石林峡其八

花香馨到醉，树色绿成阴。
骚客风流甚，早春诗句吟。

游石林峡其九

云烟连碧海，风雨洗蓝天。
难得双休日，海棠花下眠。

游石林峡其十

断岩悬古树，落日照空山。

绝顶秋光约，老夫无力攀。

游石林峡其十一

溪树围村郭，春风满谷泉。

平生一何幸，常住石林边。

游石林峡其十二

雨晴松鼠出，风定竹鸡藏。
石径无人到，山花兀自香。

游石林峡其十三

鸟语人家静，云光竹屋虚。
乘凉树撑伞，见底水游鱼。

游石林峡其十四

野色林阴合，晴光骚客行。
沿途仙耳听，燕语与莺声。

游石林峡其十五

石立彤云下，山埋绿树中。
秋光染平谷，湖水映长虹。

游石林峡其十六

一水萦清澈，千珠跳翠微。

山深云不散，树老叶先飞。

游石林峡其十七

石林晨雾散，松径午风晴。
一眼三千里，俯看百座城。

游石林峡其十八

壁挂泉流急，潭沉日影圆。
但期今夜月，能照水中莲。

游石林峡其十九

古榭临空敞，回廊随意通。

云生千嶂暗，花落一溪红。

游石林峡其二十

山色青于染，登临兴未穷。

云深疑失路，风乱怯悬空。

游石林峡其二十一

树色连云暗，泉声带雨嘉。
鸟啼平谷静，山深夕日斜。

游石林峡其二十二

山行不觉远，一径入烟霞。

欲问神仙事，空林噪暮鸦。

游石林峡其二十三

云气侵崖出，井蛙坐石闲。

松林摇翠浪，竹寨绕银湾。

游石林峡其二十四

绿树依林暗，红岩照眼明。

山河千古态，风月一时情。

游石林峡其二十五

石峡临丹壑，廊桥倚翠微。

行穷平谷路，坐歇摄芳菲。

游石林峡其二十六

岩穴通云窟，林泉出石门。
淙淙流不尽，日日绕新村。

游石林峡其二十七

高崖瀑飞练，荒涧水流潭。
七彩田相溉，兆年心所甘。

游石林峡其二十八

幽潭平似席，怪石状如拳。
我欲与之握，水深焉敢前。

访山僧其一

云端浮万壑，脚底暗千山。

古木幽藏寺，清泉轻绕鹏。

访山僧其二

落叶声空寂，凝霜色自妍。

何当尘事毕，来此坐参禅。

访山僧其三

隐此人间地，悠然物外情。
一池秋水漾，四望野烟生。

五
绝

访山僧其四

山中藏海气，林下听涛声。
自得幽居趣，何须望帝京。

访山僧其五

春风一辗转，山路几盘旋。

古寺钟声外，人家梨树边。

访山僧其六

佛寺钟初响，禅房月半沉。

何时公事了，到此得清吟。

访山僧其七

一溪新雨润，千嶂晓烟晴。
独有忘机者，深谙山水情。

悬壶泄泉^①

杯身飞凤羽，壶柄动龙光。

玉液清香泛，游人安得尝。

①悬壶泄泉为某景区的一人工景观，巨型茶壶悬空倾斜，泉水自壶口处泄出。

游梨树沟①其一

路连千嶂近，花看两眸酸。

梨树沟边坐，樱桃秀可餐。

①梨树沟，坐落于北京市平谷区北部黄松峪乡境内，地处燕山山脉余脉。这里群峰连绵，山势险峻。群峰间沟谷纵横，曲折幽深。

游梨树沟其二

路入梅花坞，山连梨树沟。

采风三五日，臆想一生留。

游梨树沟其三

树叶青如染，花枝艳欲燃。

林中莺语闹，水面柳条悬。

游梨树沟其四

空亭依秀木，孤石坐清阴。

有客梅花弄，吞声柳絮吟。

游梨树沟其五

雨足泉声急，天晴树影深。

春光去虽久，风景暮犹寻。

游梨树沟其六

人家深隐谷，道路曲连峰。
山鸟啼幽树，春花覆要冲。

游梨树沟其七

山势盘千嶂，石桥归几驹。
夕阳斜影淡，转过岭头无。

农家乐

枯树灯笼挂，深山节味浓。

友亲围一桌，腊酒送残冬。

手机随拍其一

雪改青山色，云偷碧水心。
聚焦平谷景，冬色亦宜吟。

手机随拍其二

一片烟中树，齐撑雪后山。
谁知此时意，是候早春还。

手机随拍其三

落日孤村晚，寒烟独鸟归。

镜头才捕捉，一叶遮余晖。

手机随拍其四

石磴盘空碧，云霞落镜红。

手机轻摄取，图配紫泉宫。

手机随拍其五

远树隐斜日，幽禽啼晚烟。

坐溪垂钓者，怀抱小猫眠。

手机随拍其六

雨过泉流壁，风来瀑响天。
牵牛农妇过，竹篓背时鲜。

手机随拍其七

仙露天阶洒，森林郁复葱。

蘑菇才打伞，鸡鸭怒争虫。

手机随拍其八

一抹丹青里，连排粉黛楼。

溪光浮岸树，竹影荫沙鸥。

手机随拍其九

九曲溪桥路，一时过客稀。

漫天飞雪片，半日没鸦矶。

手机随拍其十

山楂摇旷野，风竹送残晖。

哼曲耕牛听，荷锄农妇归。

手机随拍其十一

日落千峰雪，天寒万里云。
山深人不到，野旷鸟成群。

手机随拍其十二

涧底潜龙出，崖间歪树悬。
手机才摄影，微信美图传。

手机随拍其十三

苍山含古意，红柿夺新晴。

柳老根盘石，风高雁断声。

手机随拍其十四

野云横碧树，乱石漱清泉。

戴笠耕夫俩，歇锄阴雨天。

山村有忆

曾入深山里，莺啼午日阴。
村童花死护，林叟蝶生擒。

夜宿山家

山顶诚邀月，天台怯倚栏。
疏星三五点，空泛夜光寒。

爬山

石路随溪入，藤萝夹道生。

挂衣还扯发，难阻老梁行。

骑行途中

青苔无俗韵，白水泛仙光。

歇此吾缨濯，神思轻且扬。

登天台

天台仙迹近，云路雁行低。

野鸟啼幽树，寒花发冷溪。

登摩天塔

灯灿星光迥，天高塔影雄。

慎行心本悚，况起夜来风。

碑林考证

为寻山水乐，长谒石林碑。

文字行行辨，秋风阵阵吹。

雨中即景

寒风吹积水，冻雨叩新春。

田父归花坞，山禽语竹邻。

杂感

春到人皆喜，吾生独守贫。

一杯聊自适，万事不关身。

春景

春光随处好，世事与时新。
草色连天远，莺声隔树闻。

农事

白鹭窥鱼立，清溪积雨浑。

排涝田父老，时复一开樽。

秋景

野水浮天阔，晴云驾鹤悠。

漫山枫有意，镇日帜迎秋。

山里人家

一径穿林入，孤村傍水居。

山深云作伴，讯达网传书。

湘西道中

廊外莺啼坞，溪边柳荫鹅。

不知何处笛，吹起故园歌。

陪老僧登山

铁索小心拉，兰阶吃力爬。
一千三百级，虚汗湿袈裟。

归休计其一

偶然成独赏，归老此中居。

日撰三千字，年存两卷书。

归休计其二

树密宜禽宿，泉清见月归。

人来同此乐，一笑逐尘飞。

归休计其三

涧静一龙出，池平七彩呈。
游踪止于此，幽隐度余生。

归休计其四

白石云根近，青萝水影重。
何当草堂筑，长住老龙钟。

归休计其五

碧波归鸟渡，黄叶晚鸦啼。

小筑山围里，幽居景倍宜。

归休计其六

野鸟鸣相答，闲云去不知。

仙居今日访，何必退休时。

归休计其七

溪桥临竹圃，石壁洗林泉。
人歇中年倦，声听大自然。

归休计其八

喷泉时出没，舞蝶自斑斓。

木马悠悠转，时光慢慢还。

归休计其九

俗事从何避，幽居此处宜。

山深尘不扰，树古凤来仪。

宿僧房

云暗枝条瘦，水流烟雾腾。

竹阴侵坐席，花气袭诗绫。

马坊①秋

梨树连平谷，沟河纳野流。

长焦镜头转，摄尽马坊秋。

①马坊为北京市平谷区一镇名。

思儿

云山迷宿雾，雪日敛余晖。

剪影孤鸿过，传书万里归。

五

律

杂感其一

天地无穷事，风云多变姿。

百年双鬓短，万古一衰时。

焦虑煎人寿，功名入梦疑。

不知今夜酒，能否尽千卮。

杂感其二

世事非容易，年光只瞬间。

可怜人已老，无奈梦难还。

沧海孤帆立，青春一剑顽。

今逢残腊尽，不说旅途艰。

平谷桃花节

东风吹柳絮，滚滚帝城来。

山谷桃花发，沟河锦绣开。

春光无限好，诗意不时裁。

村妇何忙碌，田间油菜栽。

史话

燕云州十六，史话几番新。

常忆当时事，空伤后世人。

江山犹故国，草木自残春。

若问苍生愿，天恩惠及民。

中国（北京）休闲大会其一

天穹升朗月，百里国衢明。

霾去都畿净，秋来沟水清。

盘阴留俊杰，金海放晶英。

静观人间乐，休闲在北京。

中国（北京）休闲大会其二

仙馆开青琐，云门望紫宸。

盘阴光玉殿，金海拥珠轮。

乐奏瑶池畔，春连上苑滨。

欢声动九陌，喜气溢乡邻。

赞刘家店镇

村落依山麓，朱门傍绿开。

溪声穿涧过，桃色入窗来。

野老时儿遇，重孙真是乖。

俗尘何处避，丫髻胜蓬莱。

蓝莓采摘

时光近日午，采撷在林塘。

叶下沙泥湿，枝头浆果香。

摘来盈手赠，荐以入君觞。

留得蓝莓籽，明春种帝乡。

�a河晚渡有感

山远夕阳下，云高大雁频。

星辉寒渡草，月影伴吟人。

桑梓怀乡道，兰荪恋甲辰。

故园无可适，前路又迷津。

反腐倡廉有感

寒窗幽影间，尚寄苦思吟。

笔墨融时代，诗情达古今。

雕枭明可见，鼠雀暗难寻。

一树苍梧翠，千层绿叶阴。

贺中国文房四宝协会成立三十周年

野草褒声溢，文房庆典喧。

高斋藏四宝，贤士有珠璠。

笔墨承英达，方圆及子孙。

卅年宏卷展，逐梦竟酬恩。

唐云来书画捐赠事有感

翰墨名扬久，丹青国典存。

挥毫澄雨露，纵笔助乾坤。

绩伟登扉目，功成上阙尊。

勤诚开善事，厚德启津门。

赏玉雅集其一

于阗淘宝客，采玉出龙河。

花尽浮云渺，鸟藏飞雪多。

躬身爬曲岸，负重涉寒波。

终得琅玕树，晨雕夜琢磨。

赏玉雅集其二

伯乐能相善，衡才必自躬。

远言贤士茂，高论壮苗蓬。

官叙宾忽遇，风影客又逢。

致政人且去，悠逸笑谈中。

呈王友谊①先生

绿谷披晴雪，沟河猎早阳。

墨临精帖美，心至籀文强。

字法犹余本，文华更有章。

从容无复作，不负篆书王。

①王友谊（1949~2021），著名书法家，曾任中国书法家协会篆书委员会委员。

戊戌夏日过水峪村刘守东奇石馆留吟

路曲峰回处，苍岩各属群。

洵河都见底，古柏尚横云。

水峪多新景，山村少旧闻。

富民桥上伫，奇石本清芬。

淳化阁帖雅集

孤本雄文在，昭陵墓底深。

书家寻法度，翰墨有虚心。

烽火连千劫，家藏抵亿金。

萧公淳化帖，雅集续长吟。

乡村端午

端午蓝莓熟，乡村粽子香。

艾蒲悬石壁，角黍挂篱墙。

戏蝶田园闹，游人采摘忙。

龙舟竞渡处，锣鼓正铿锵。

七
绝

p
/
127 ———— 148

摄影

随身长物相机扛，摄尽名川与大江。

最喜黑梨平谷绽，白花落满碧纱窗。

为妻拍照

难得浮生半日闲，为妻拍照水云间。

满头白发不堪看，嘱我手机开美颜。

秋菊

庭院谁栽白与黄，不随桃李竞春光。

呼呼一夜西风啸，无碍青枝立晓霜。

冬雪

昨夜西风扫积阴，今晨飞絮满山林。

天公有意施棉被，平谷无端起陆沉。

三月

三月桃花逐水流，东风无力柳悠悠。
可怜春色十分尽，犹有荼蘼开不休。

游梨树沟

一沟流水绕山家，两岸桃花映晚霞。

欲过危桥谁不允，木牌提示禁攀爬。

史话

汉家陵阙已荒凉，唯有青山对夕阳。
千古英雄无处觅，空余史话说兴亡。

独坐

老来无事可关心，独坐空斋郁气沉。

一夜书灯照孤影，自知身世在山林。

归田园

十亩桃园一草庐，眼前风物绮还舒。
山中自有无穷趣，不读人间万卷书。

金秋札记

风和日暖桂香流，蝶绕莺围喜鹊讴。

为祝今朝开盛会，老夫新染少年头。

贺侄子梁辉喜得千金

上阳花木祥风至，合钿鸾钗瑞鸟鸣。

今岁梁家添贵女，笑弥锦帐喜盈盈。

东高村临泉寺有吟

文峰塔影荫泉脉，沟水清波奏管弦。

一道岚光仙子降，九天彩袖舞翩跹。

毛官营村见古柏

夜阑归客小心行，古柏阴森罩土塍。

弱胆正遭魅影吓，观音庵里忽开灯。

梨树沟新农村

农家院落燕飞梁，梨树沟边草木香。
最爱田园风景好，人间仙境是吾乡。

卖桃

齐齐整整垒成排，个个鲜如少女腮。

不待流连顾客问，自言平谷大棚栽。

乾隆盘山行宫有吟

飞马纵歌过蓟州，收弓弹剑意悠悠。

寒思佳丽莲花岭，静寄山庄不惹愁。

贺野草诗社^①成立四十周年庆典

野草连天铺绿茵，梅开高树沁园春。

九歌伴唱扬帆进，一曲豪吟慰贵宾。

①野草诗社是中华诗词爱好者自愿组织的民间学术团体，是中华诗词学会的发起单位和团体会员。1978 年 10 月 22 日由赵朴初和萧军等老一辈著名诗人发起，是改革开放后成立最早的诗社。

贺书法大赛步李文朝将军韵

歆慕鸿儒度岭南，挥毫试纸叠春岚。

少男少女端州聚，鼎立潮头赋美谈。

七
绝

贺柴福善先生《平谷镇史话》出版

十年踪迹踏勘忙，成就五千平谷章。

史话而今传远近，先生自可歇风霜。

七律

西柏店常兴寺古松其一

常兴寺里倩谁栽，老树蟠云覆石苔。

万木已凋春半绿，一枝犹带雨余开。

清阴不动龙蛇舞，明月偏多翡翠来。

劝客路过西柏店，携琴携酒复登台。

西柏店常兴寺古松其二

瑞霞频顾常兴寺，未若钟声唤世间。

云起王维诗里树，月移戴进①画中山。

鹰飞长空龙蹈海，水落高峰雨过关。

此去寂寥犹不老，吾生清净自多闲。

①戴进（1388~1462），宣德年间以画供奉内廷，官直仁殿待诏。《春山积翠图》作于明正统十四年（1450年），是戴进六十二岁时的作品。近景以浓郁的松冠为主体；中景山岩以重浓墨点出树林；远景用淡墨稍示山形，施以苔点。

胡家店村古树

日暮天寒农舍远，桃园鸦雀巨槐栖。

可堪萧瑟争先谢，更不缠绵各自啼。

邱姓祖恩膏陌野，燕王憩木做征鼙。

太平年景功名愿，如意光阴两榜题。

东撞村古槐

薄衫轻履乡村道，快意平生燕雀知。

且享秋泉留醉酒，唯求春茗助敲诗。

红花未惜相思瘦，白发犹堪面壁痴。

为有槐胸椿树占，一枝独翠日高时。

遇古柏有感

老根盘石藓痕深，劲节凌寒岁月侵。

大雅时能扶正气，孤标每自抱贞心。

千年阅历知多少，万里流传证古今。

我欲题诗招野鹤，徘徊平谷听鸣琴。

平谷观赏石之一

一片苍苔倚碧空，无边霜叶落秋红。
孤舟独泛银河泻，万象遥瞻紫殿通。
野渡人家连夕浦，寒城烟火近皇宫。
诗翁欲问山僧事，皆与红楼梦里同。

平谷观赏石之二

圆通妙法灵山小，自在清风五岳高。

三竺菩提千鹤驾，九峰霓彩一鸿毛。

若无尘事心头挂，怎有忙身梦里劳。

勤拭镜台终可悟，几重名利落云鳌。

平谷奇石之乡

觅得奇峰且放歌，状如曲岸更嵯峨。

万年滩碛知谁在，一日光阴奈物何。

舟壑潜移人迹罕，柳花飞落燕窝多。

今因巧遇云间石，独醉忘归为琢磨。

平谷奇峰之石

何处飞来一片云，仙姑玉女白罗裙。

青螺入眼移平谷，翠羽垂头倚断纹。

不见天孙归碧落，长怜海客下黄氛。

山僧痴绝奇峰石，樵子渔夫远近闻。

贺平谷区两会召开

洳水西奔润沃畴，泃河南汇隐芳洲。

豪言两会扬佳讯，壮赋千篇御梦舟。

代表激昂谋大计，委员慷慨话民愁。

群贤频献辉煌策，情系黎民善政留。

160

词

词

浣溪沙·思儿

　　独坐春寒夜煮茶，晓来庭院落梅花。东风吹雨打檐牙。

　　燕子不归人寂寞，海棠栽后日西斜。倚栏无语望天涯。

浣溪沙·春分

一曲清溪绕舍流，几株红杏绽山沟。阳光恣肆柳风柔。

蛱蝶不知春已半，雌雄相逐闹无休。有人清唱信天游。

浣溪沙·端午

　　客里端阳又一年，龙舟竞渡水云天。鼓声震破竹篱樊。

　　屈子离骚千古恨，楚王遗事几人传。日星依旧月依然。

浣溪沙·夏夜

人纳清凉草唱蛩，嫦娥飞下广寒宫。西游故事听无穷。

往昔已随烟水去，如今最爱夕阳红。于兹觅得小诗工。

浣溪沙·深秋

　　一夜西风扫落英，晓来棠树断枝横。悲秋情绪顿时生。

　　明月有时圆又缺，白云无意走还停。人间万事转头轻。

浣溪沙·春日

　　小院春光午梦残，绿阴浓处倚栏干。一番花信雁回传。

　　超市归来妻子笑，相机端起镜头旋。开心何止菜新鲜。

浣溪沙·春暖有感

　　春短梦长三月天，季寒棚暖草芊眠。师生兴
会上郊原。

　　一唱雄鸡天下白，万方乐奏有于阗。众花惊
喜唱团圆。

如梦令·探天门山洞

　　曾探天门山洞，一队善行龙凤。真意解讹时，诗曲多年相送。情重，情重，岁稔时康烟梦。

鹧鸪天·立秋

丫髻山梁十里长，满沟梨李老秋光。千株冬枣尤需水，百岁春楦力避阳。

风阵阵，荫凉凉，祥云携雨过池塘。甘霖普降金樽倒，醉里诗吟晚稻香。

鹧鸪天·中秋有寄

一曲清歌酒百杯，人生何事久低徊。桃花坞里秋风度，柳树桥头夜月微。

孤鹤老，大鹏飞，年年此际泪双垂。思亲恰似长江水，流到天涯未见回。

鹧鸪天·重阳有寄

又是重阳菊满篱，不堪风雨五更欺。登高有约人空瘦，作赋无成鬓已稀。

云变幻，雪猜疑，黄花憔悴白花凄。何须更说思亲甚，且对茱萸醉一卮。

鹧鸪天·桂航同学会

　　三十年来一瞬间，高秋约聚桂航园。开窗曾对尧山月，卧铺同听石上泉。

　　人未见，梦常牵，漓江浪泛逆风船。今闻同学俱安好，酒醉诗成戊戌篇。

词

鹧鸪天·除夕有寄

一夕欢声动地雷，迎新爆竹又相催。人间万象皆如梦，心底诸愁尽入杯。

微信约，视频陪，惊儿双鬓黑藏灰。连连问取平安否，却话窗前雪里梅。

175

西江月·携妻登高

　　一片冰霜气概，几多桃李苍黄。欲寻佳句赋秋光，百级台阶更上。

　　无奈荆妻乏力，况兼布履穿帮。双双坐歇下河梁，遥听松涛拍浪。

临江仙·天寿山重游

记得昔年来此地，雏莺慢试春声。而今霜满十三陵。雕栏人独倚，落叶影横行。

况是黄昏微雨后，月华格外凄清。西风渐起夜狰狞。寒蝉何处唱，神路旅愁生。

临江仙·早梅

　　昨夜东风芳信早，梅苞冻蕊先知。晓来疏影映春池。微风摇粉黛，微雨湿胭脂。

　　待到黄昏帘半卷，窗前探出纤枝，趁人不备暗香滋。顿时金屋暖，吟就几多诗。

临江仙·秋景

平谷秋来风景美，红枫乌桕黄花。小桥流水夕阳斜。一行人字雁，两岸画楼嗟。

往事如尘吹不尽，伤心山里人家。日翻麦垄夜搓茶。有衣难弊体，有食仅南瓜。

清平乐·村居

　　山翁归去，沿着来时路。白石清泉新曲谱，节拍莺歌蝶舞。

　　南坡栽满油茶，东风吹老桃花。趁着夕阳还在，斫枝修补篱笆。

清平乐·秋菊

万花齐绽，傲霜姿色展。一种天香来上苑，却把东篱深恋。

南山悠见金英，谁人成就诗名。谁又黄昏把酒，词成遥寄明诚。

清平乐·秋分

秋光已半。风定云俱散。一阵蝉嘶凄又婉。听得离人肠断。

天涯消息难凭，煎熬秒秒分分。因恐留言错过，闹铃不敢关停。

清平乐·偶感

　　春来秋去，往事知何处。白鹭洲边烟水暮，不见旧时鸥侣。

　　长江又起风波，游船谁共吟哦。唯有渡头明月，依然还照山河。

清平乐·临安小住

　　江南春早，枝上黄梅小。一阵东风吹细草，多少桃花落了。

　　去年今日离家，今年今日天涯。回首故园何处，遥遥树隔云遮。

蝶恋花·游西湖不值

　　客履来时因疫管。禁入西湖，禁入西湖玩。遥听苏堤莺语啭，声声似把游人唤。

　　客履去时天已暗。调试长焦，调试长焦看。鹤子梅妻都不见，雷峰塔上灯光灿。

蝶恋花·桃园采摘

四月山中春去远。燕子双双，燕子双双转。引客前来农户看，温棚种植由衷赞。

硕果累累闻所罕。这个三斤，那个三斤半。园主嘱人挑大拣，肚皮撑破筐装满。

联

春日

一年好景，春色遍随芳树发；
三五知音，画楼常聚律诗裁。

为友人庆生

画图一幅，万里山河开寿域；

椒酒三杯，百年福禄祝生辰。

联

春联

风吹碧水，门前柳色摇金缕；
日照青松，雪里梅香漫玉阶。

书斋联

一窗晴色，花木四时香不断；
数卷史书，英雄千古仰无穷。

联

秋景

林中日月，桂花常照清香馥；
世外风尘，枫叶无侵丹色纯。

193

忆儿时纳凉

池边消夏，娘扇荷风香席枕；
梦里飞天，月摇桂影舞嫦娥。

村居

春色微阑，一径松阴连竹坞；
暮云渐合，半窗花气袭帘栊。

偶感

　　未解孤村，梅花落处香犹馥；

　　不堪三月，柳絮飞时梦已遥。

中秋

欣然团聚，人间此夕真难得；
除却安康，身外浮财信可抛。

图书在版编目（CIP）数据

冰子闲吟集 / 梁景启著 . -- 北京：当代世界出版
社 , 2023. 8
ISBN 978-7-5090-1754-8

Ⅰ . ①冰… Ⅱ . ①梁… Ⅲ . ①诗词—作品集—中国—
当代 Ⅳ . ① I227

中国版本图书馆 CIP 数据核字 (2023) 第 145777 号

书　　名：冰子闲吟集
作　　者：梁景启 / 著
出 版 社：当代世界出版社
地　　址：北京市东城区地安门东大街 70-9 号
邮　　编：100009
监　　制：吕　辉
选题策划：彭明榜
责任编辑：高　冉
装帧设计：北京小众雅集文化传媒有限公司
编务电话：（010）83907528
发行电话：（010）83908410（传真）
　　　　　13601274970
　　　　　18611107149
　　　　　13521909533
经　　销：新华书店
印　　刷：北京精彩世纪印刷科技有限公司
开　　本：880 毫米 ×1230 毫米　1/32
印　　张：7
字　　数：100 千字
版　　次：2023 年 8 月第 1 版
印　　次：2023 年 8 月第 1 次
书　　号：ISBN 978-7-5090-1754-8
定　　价：68.00 元